# 안녕!

– 노인들을 위한 시

# 안녕!

– 노인들을 위한 시

**박지애 시집**

불교문예

■ 서문

-지구를 본다

 욕망 먹고 사는 땅

~어느 땅에 갈 건가?

-천상

 명상 먹고 사는 땅

~그대 탈출하겠구나

– 본문, 「10」

# |차례|

## ■ 서문

▩ ▩ ▩

## ⁂ 안녕!

– 노인들을 위한 시

# 01

~그대 왔던 곳을 기억하나?

-·········

~그대 갈 곳을 기억하나?

-나는 태어남 그리고 죽음

~기억하는군

## 02

~그대 시간을 보나?

–응

~그대 공간을 보나?

–응

~그댄 시간과 공간

## 03

~그대 마지막에 만족하는가?

-이어진 길을 본다

~길 끝 무엇이 있는가?

-집이 보인다

~그대가 집

## 04

~마지막 충만한가?

-전생을 다해 현생 택했고

 이생을 다해 내생 택했다

~그대 충만하구나

## 05

-젊음에 울었고

황폐했다

~늙음은?

-비옥하다

~얻었구나

## 06

~처음은?

-이해할 수 없었고

 모름이었다

~마지막까지 올 수 있었던 건?

-예수와 석가를 만났다

~그대 다행이다

## 07

~선禪을 잃었나?

 잃지 말길

-지루한 싸움

 잃지 않겠다

~그대 경험자

## 08

~신神 기억하고 잊고

기억하고 잊고

반복하나?

-청춘에

~안타까운 시간

-의젓한 늙음

~그대 시간 견뎠구나

## 09

-그가 나를 믿고

나도 그를 믿고

~쭉! 한 선

벌떡벌떡 선禪 살았구나

## 10

-지구를 본다

욕망 먹고 사는 땅

~어느 땅에 갈 건가?

-천상

명상 먹고 사는 땅

~그대 탈출하겠구나

# 11

-집 없는 AFRICA

~별 보여 줘

신神이 준비해둔 집

## 12

-집은 동그라미 선 빛 색

~하늘의 저택

그대 탈출하길

## 13

–늙은 몰골

~외모 아니고

방향 잃은 눈

그대 골똘해지게

## 14

-지구 궁금하던 젊음

떨리게 지도 보고

앎에 허덕거리던

~그대 늙음 빨리 왔고

무인도 같은 늙음

가질 건?

-또 다른 땅

별

## 15

~뚝! 끊긴다 삶

–죽음 잡는다

놓지 못하던 아들을 놓고

죽음 자세히 본다

어둠이 빛이 되는

~그대 죽음 정복자

## 16

-안녕!

죽음

실망시키지 마!

짜릿하지 않으면

죽음 널 죽일 거야

권태 깊은 곳에서

웃음이 났다

## 17

–안녕 지구!

몰골이 사라지고

동그라미 선 도형들만

수레에 탔다

간다

도형들이 길 닦았고

길이 보인다

## 18

-말馬 내리쳤다
말馬은 도형이다
들숨 날숨 뱉으며
선을 그었다
도형들이 길이다
멀미가 날 만큼 쭉-
선線 비틀거렸고
길 삐뚤거렸고
말도 비틀
먼 별이다

## 19

-헤매는 도형

헐떡이는 말馬

기진한 선線

선禪이 모자랐나?

## 20

-그래도 믿을 건 또 다른 땅

허무하게 끝낼 수 없다

호흡기와 주사기를 뺐다

침대 한 칸을 비울 뿐

삶의 마침표 삐!—

기회가 주어졌다

별 쏟아졌다

안녕! 별!

## 21

-그러나!

멀미하는

구역질하는

워! 워!

말 세운다

대기권 올랐을 뿐인데

~그대 명상이 모자라군

## 22

-우주 멀미

~선과 동그라미에 골똘하길

그대 파이팅!

## 23

-동그라미가 호통이다

탁탁탁 정렬하라고

~그대 잡아라

## 24

–선이 질책이다
준비하라고
시간에 달릴 수 있게
~그대 평정하라
1.5평 가부좌

## 25

-우주는 뭘까?

~그대 우주는 학교

굽이굽이 지식이고

굽이굽이 시험이다

## 26

-우주는 뭔가?

~그대 불타는 집

 굽이굽이 호통이다

## 27

–몇 모금 마신다

마심으로 지구에 남아있다

마심으로 시간을 기다리고

마심으로 선을 잡고

## 28

–말 달리는 수행이다

고삐 잡으니

마하 속도로 달린다

멀미 참았다

구역질을 참았고

~그대 개척자

# 29

–들숨 날숨으로 정비한다

선線을 동그라미로 바꾸고

선이 동그라미로 묶었다

~그대 마음 묶었구나

## 30

-그러나!

빛이 들쑤시며

속 뒤집었다

지금 여기까지 뿐

말馬을 대기권에 묶고

육체로 들어왔다

몇 번째인지

~그대 PRACTICER

## 31

–꿈은 가벼웠다
말馬이 아닌 동그라미
날았으니
화소 짙은 색 속으로
빛 속으로 들어갔으니
~그대 꿈꾸는 자!

## 32

–아! 갔던가?

~기뻤잖아!

–아! 기뻤던가?

~짙은 밤 화려한 꿈

–아! 짙은 꿈

~그대 꿈꾸는 자

## 33

~엄청난 여행 아니란 것

-누구나 가는 여행

그래도 숨이 막혀

~그대 집에 갈 뿐이야!

## 34

~그대 날아야 한다

동그라미 선 도형 몇 개만 챙기게

그대 가벼워야 한다

육체의 땅을 벗어나야 하니

## 35

-고삐 잡고

공간 사이로 마하 SPEED 빛

말이 달린다

아! 지구에서 천상을 달린다

꿈이지만 지독한 현실이다

영혼 차원을 진동한다

~그대 몽상가

## 36

–마하 빛 SPEED

달리던 말

마음속 들어 있다

지구에서 별을 살다니!

~그대 공간 이동자

## 37

-헐떡이는 말을 세운다

%^&별 보인다

초입 본 것이다

마음에 먼 별 가득하다

안녕! 별

~그대 풍부한 자

# 38

–불쑥!

과거 미움 올라온다

줄을 당겨 보니 질투 할킴 저주…

천상 타는 수행 중

어이없어하는 나

그만할까?

~잠깐! 그대 정리시켜 줄게

탁탁탁! 쫙!

그대와 난 하나

## 39

–선 끝에서 하하하가 들렸다

하하하를 따라갔다

~그대 별에 갔구나

웃음은

별

## 40

–선線을 끌어 올렸다

선線 끝 선禪

하하하를 댕겼다

~아호! 수캉!

별들의 환호

그대 아호! 수캉!

# 41

~기쁜가?

-선線이 카르르

~누가 기쁨을 만들까?

-별?

~아니

그대 마음

# 42

~죽음의 의식儀式

허기虛氣를 선禪으로 채우는 곳

선禪의 별에 왔다

–선禪으로 선線을 그어서 선禪의 땅에

아니! 아직 침대에

말을 달리다 침대에 쓰러지고

~비몽사몽

죽음의 의식儀式

# 43

-겹으로 시간 말하는 별

아! 시간 무엇으로 보낼까?

~그대 가부좌

미소 흐르는 가부좌

## 44

–가부좌

선禪이 끊어질라 하면 선線이 이어준다

엮어 엮어진 선禪

가부좌

툭! 미래를 던져준다

## 45

–꿈에 땀이 났다

1겁 살고 허기虛氣다

허기 역시 선禪으로 채우고

목마름 한 바가지 찬 가부좌 마셨다

아! 시원함

## 46

–콜라 벌컥벌컥
배설 걱정 없다
만나 같은 음식
배설 없는 별
아! 정결함
~그대 이미 천상인

## 47

~그대 할 건 가부좌

-휙스에서 나온 건 초미립 명상

명상이 빅뱅하며 수소를 불렸지

~과학과 불교가 말할 것이다

## 48

-지구 귀퉁이 1.5평 방에서

긴지 아닌지 의심하며

명상

별에 갈 투지로

소망은 진실코 죽음

다시 말을 달릴 거야

~그대 이름 성실

## 49

~겁의 땅

거대함으로 다가오는 시공

시공의 쓰나미

법화경으로 막았다

# 50

-진화는 어디까지일까?

~그대

진화의 영역은 시간과 공간

## 51

-불립문자 교외별전

~그대 천상 익숙하구나

천상의 말 불립문자 교외별전

-불립문자

~매력적 단어

-교외별전

~섹시한 단어

## 52

~다른 별 가려 하나?

-말해 봐

~그대 다른 별 갈 것이다

-왜?

~육체 싫어하잖아!

육체 없는 곳

청정한 곳

-가능할까?

## 53

-갈 곳을 본다

~그대 갈 곳 명왕성 위성 카론

-멀지?

~그대 육체 벗을 것이고

-그리고?

~날겠지

-그래도 멀지?

~공간 이동의 땅

## 54

~지옥을 봤나?

그대 보았다

–……………

~흘리지 마! 눈물

눈물은 충분했고

–교훈도 충분했어

~그대 성숙한 외계인

## 55

~그대 천상 봤나?

그대 봤다

그곳에서 왔고

그대 집이다

## 56

-기억하고 싶다 죽음

~죽음을 통해 왔고

죽음을 통해 갈 것이다

-알아

그러나 왜 기억 못 하지?

~바르도에서 기억하겠지

## 57

–별 보고 싶다

~명상 깊이 보게 할 것

 치열한 명상 넓게 보게 할 것

–아니 살고 싶어 별

~얼마 남지 않았어

## 58

~천상이 목표군

-하층은 진저리나

배설의 시스템

육체 80% 영혼 20%

~명상 모아라

## 59

-어디까지일까?

 언제까지일까?

~그대 신처럼 영원할 것

-어떻게?

~그대 신과 하나!

## 60

-별

 모르겠다

~석가의 별

 석가는 별

 그대도 별

## 61

~깊이 보이는가?

넓게 보이는가?

–……………

~그대 보인다

그대 마음 깊이 넓이

## 62

~그대 웃어 보았나?

-아니!

~그대 웃어 보았다

그대 웃음에서 왔다

## 63

~그대 갔는가?
진정 갔는가?
조바심내더니 그대 갔는가?
–떠났다
도형 챙겨서
육체 벗어 개켜놓고
떠났다
~그대 갔구나
그대 갔구나

## 64

~그대 떠났구나!

-그렇다

지구에 '나' 없다

~지구에 '기억' 있다

## 65

~그대 가져갔나?

-그렇다 떠남의 노잣돈

시간 꿰고 공간 꿰고

~그대 날카롭게

가져갔구나

## 66

~그대 떠났구나!

–막상 아! 막상 죽음

다행인 건 늙음이 준 시간

충분히 갔다

충분히 갈 수 있었다

~그대 완벽주의자

## 67

~그대 떠났나?

-탕탕탕!

~그대 가는 소리

갈 곳 갔구나

## 68

–탕탕탕!

~이 땅 정리하고

갈 곳 두드리는 소리

–명왕성 위성 카론 두드린다

탕탕탕 안녕 카론!

## 69

~믿는가?

그대 믿었다

믿었기에 왔고

믿었기에 갔다

# 70

~그대 갈 수 있겠는가?

그대 갈 수 있다

혼자 가는 길

처음 가는 길

-탕탕탕!

~그대 전사

## 71

~별 보는구나

-탕탕탕

~별 많은가?

-탕탕탕

~옳다

별은 하나다

## 72

~별과 친근한가?

-친근해서 간다

~그렇다

그대

별

## 73

~그대 보이는가?

-그렇다

~그대 보는구나

카론의 빛

# 74

~그대 알아들었는가?

-그렇다 환희

~그대 알아들었구나

고통으로

## 75

~그대 읽는가? 우주

-그렇다 신비

~그대 읽었구나

 생로병사로

## 76

~그대 쭉! 그었는가?

-모아둔 명상

쭉!

~그대 카론에 있구나

## 77

~그대 동그라미

힘껏 그렸나?

–쑥! 팔 휘둘렀지

~그렇다 그대

동그라미 쑥! 그렸지

## 78

~그대 양엽 당기는가? 팽!

-그렇다 팽!

~별들이 끝에서 끝 팽!

그댈 키우고 있다

## 79

~그대 풍덩!

소리 들었는가?

-난 들었다

풍덩!

우주에 빠지는 소리

~풍덩!

우주잠수

## 80

~그대 뚝! 끊었는가?

-난 그렇다

뚝! 끊었다

~뚝! 죽음 혼자 가는 소리

## 81

~그대 씩! 옳은가?

-씩!

~옳군

옳음으로 떠나다니

그대 씩! 이겼구나

## 82

~그대 발을 보게 툭!

확신이 들어 있나?

-툭!

~툭! 그대 철학자!

# 83

~마지막

시간 있었는가?

공간 있었는가?

-있었다

~이생의 시공은 다 썼고

내생의 시공 기다리고 있었군

그대 현자

## 84

~그대 병은 나았는가?

-그렇다

알약들을 버렸지

~쭉! 그은 선禪

마음 고쳤구나

## 85

~그대 계산 마쳤는가?

–선禪!

병病과 바꾸었다

~그대 정확하구나

## 86

~그대 정렬됐군

-나는 군인

~그대 UDT

## 87

~그대 미래를 묻는가?

-나는 우주인

~미래에 접속하였군

그대 현자

# 88

~그대 미소

미래와 대화하는군

쭉!

쑥!

툭! 씩! 뚝! 풍덩!

–응 천상 언어

## 89

~그대 영혼인가?

-나는 육체 벗었어

~그대 영혼

-쭉! 쑥! 툭! 씩! 뚝! 풍덩!

## 90

~그대 영혼

어떤가?

-나는 영혼

가볍다

~그대 날겠군

-난 공간 이동자

시간 이동자

~그대 쭉! 쑥! 툭! 씩! 뚝! 풍덩!

## 91

~그대 시간을 듣고 싶군

-나는 영혼

~쭉! 쑥! 툭! 씩! 뚝! 풍덩! 도착했군

-나는 시간 정복자

## 92

~그대 공간 듣고 싶군

-나는 %^& 별에서 쭉! 쑥! 툭! 씩! 뚝! 풍덩! !@# 별로

~그대 )(* 별에서 @#$ 별로 쭉! 쑥! 툭! 씩! 뚝! 풍덩!

-나는 공간 정복자

## 93

~별을 밟았나?

-아니 날지

~카론에 있나?

-카론은 집 #$%별 여행 가지

~제임스 웹으로 사진 보내줘

## 94

~보았나?

색 빛 진동

-나는 보았다 차원

~얘기해 줘 제발!

-도저히!

불립문자 교외별전

~그대 진화했구나

## 95

~별 주파수

그대 선禪으로 코드 끼웠나?

-난 선禪으로 선線이 되어 접속했다

~그대 선禪으로 선線이 되어 별을 알 것이다

-나는 별

# 96

~그대

색으로 물들고

빛으로 빛나고

-4차원 5차원 6차원 7차원… 12차원

순간이동 시간이동 굴절 블랙홀…

과학과 불교가 정리할 것이다

## 97

~그대 꿀꺽!

삼켰지 우주!

–꿀꺽!

삼켰지 날

~삼키고 삼켰고 꿀꺽!

–꿀꺽! 차원을 삼키고 꿀꺽! 우주를 삼키고…

꿀꺽! 꿀꺽! 꿀꺽!……

~그대 우주와 하나

## 98

–남겨둔 인연 아프다

~남겨둔 인연 걱정인가

–남겨둔 인연들도 준비됐을까?

~우린 하나!

# 99

~남겨둔 인연 걱정인가?

-그들 기다릴 뿐

하늘의 저택

신이 마련한 펜트하우스

우주 영혼의 것이지

~그대 우주 부동산

## 100

~지구를 걱정하나?

–영혼마다 별을 주고 싶어

~가진 후에는 주고 싶지

예수와 석가가 온 이유

–별 반짝이는 이유

~그대 가졌구나

# 101

-걱정은 없다
집으로 오는 PROJET
휙스 안에서의 설계
깨달음의 MISSION
~기억하는구나

# 102

~그대 별인가?

–난 기쁨

~그대

 별

## 103

~그대 먹고 마시는가?

-난 영혼

~그대 배설하며 흘리는가?

-난 영혼

~그대 높이 갔구나

## 104

~그대 훽스 속 봤나?

–기억한다 그 속 시간

~그대 빤짝이는 영혼

~그대 훽스 속을 봤나?

–기억하고 다음 빅뱅 계획하지

우린 신의 미립자

또 다른 빅뱅

~그대 빤짝이는 영혼

## 105

−1.5평 공간에서

명상 작은 시도

우주에 길을 냈다

~'시작 미약했으나

끝 창대하구나'

## 106

~우주에 길을 냈구나

-우주인의 노동

# 107

~맹목적인 노동인가?

-확신의 노동

# 108

-마음의 긴 길

먼 길 닦았다

~우주에 온 이유

## 109

–"우주 무심하다"

별에 보낸 편지에

"무심한 별이 아니라고

무심한 건 지구"라고 답장 보냈어

~그대 별 빛 읽었구나

별들은 빛으로 소식 보내고

늘 늘 좋은 답을 기다리지만

지구는 별에 무심하고

우주 넓음을 두고 좁은 지구에서 다투지

# 110

-편지 쉬지 않았고

~그대 태양의 흑점 보았구나

-우체통이 넘치고

~그대 토성 고리 보았구나

-메일 가득하고

~그대 우리 은하 보았구나

-제임스 웹에게 사진 찍히고

~그대 나선은하 보았구나

............

-그대 이루었구나

# 111

–별은 PARTY 초대장 보냈고

FROM : 케타우르스 프록시마

TO : 태양계 명왕성 카론

~그대 프록시마 파티에 갔었구나

–천년에 한 번 오는 789$$ 행성 기념 PARTY

~그대 이루었구나

불교문예시인선 • 053

안녕!


초판 인쇄 | 2023년 1월 06일
초판 발행 | 2023년 1월 20일

지은이 | 박지애
펴낸이 | 문병구
편　집 | 구름나무
디자인 | 쏠트라인saltline
펴낸곳 | 불교문예출판부

등록번호 | 제312-2005-000016호(2005년 6월 27일)
주　　소 | 03656 서울시 서대문구 가좌로 2길 50
전화번호 | 02) 308-9520
전자우편 | bulmoonye@hanmail.net

ISBN : 978-89-97276-69-1 (03810)
값 : 10,000원